汉河星光丛书
主编 赵娟

花开半夏

李淑珍◎著

山西出版传媒集团 北岳文艺出版社
BEIYUE LITERATURE & ART PUBLISHING HOUSE
·太原·

图书在版编目(CIP)数据

花开半夏 / 李淑珍著. —太原：北岳文艺出版社，2021.12
(汉河星光丛书 / 赵娟主编)
ISBN 978-7-5378-6510-4

Ⅰ.①花… Ⅱ.①李… Ⅲ.①诗集-中国-当代
Ⅳ.①I227

中国版本图书馆 CIP 数据核字(2021)第 276454 号

花开半夏

李淑珍 / 著

//

出品人
郭文礼

责任编辑
刘文飞

助理编辑
马媛慧

装帧设计
肖景然

印装监制
郭　勇

出版发行：山西出版传媒集团·北岳文艺出版社
地址：山西省太原市并州南路 57 号　邮编：030012
电话：0351-5628696(发行部)　0351-5628688(总编室)
传真：0351-5628680
经销商：新华书店
印刷装订：成都兴怡包装装潢有限公司

开本：880mm×1230mm　1/32
字数：277 千字
印张：10.5
版次：2021 年 12 月第 1 版
印次：2022 年 3 月成都第 1 次印刷
书号：ISBN 978-7-5378-6510-4
定价：48.00 元

诗意盎然

梅雨墨

李淑珍是甘肃人，是一位比较独特的作者，她一直用着“飞花追梦”的微信昵称。在我的脑海里，曾经固执地认为，甘肃这么一个偏远的省份是很难出一位言辞优美的作家的。但是，李淑珍却是一个例外，她的笔触细腻，言辞优美，感情浓烈，完全不像是一个西部女子，反而有些像一个江南女子。

几年前，李淑珍开始给我任执行主编的《西部散文选刊》（原创版）投稿，因为我比较偏爱文笔优美的作者，所以几乎每年都有她的一篇作品发表。她是一个勤奋的人，一直笔耕不辍，好文章不断见于报刊，后来还加入了中国散文学会。不仅如此，她还是甘肃省作协会员，并且担任庆阳市西峰区作协副主席。其作品散见于《都市生活》《西部散文选刊（原创版）》《四川散文》等文学期刊，并入选《黎明的歌》《时光回眸》《在场微散文》《鸿烈》等。此外，她还出版了散文集《简单爱》。说到这里，大家一定都和我一样，觉得她就是一个散文作家，然而，当她拿出这部诗集出版并且让我作序的时候，我还是大大地吃了一惊。后来经过认真了解，她的诗歌《人在旅途》1995年10月获《长江文艺》文学奖，并被中国当代作家代表作陈列馆永久收藏，2000年7月入选《黎明的歌》（中国文联出版社）；诗歌《寻梦》1997年10月入选《群英荟萃》（西南师范大学出版社）；诗歌《南京祭》2019年2月获“南京大屠杀81周年国家公祭”2018年网络诗歌展播优秀奖；诗歌《坐在人世的低处》等21首诗歌入选《时光回眸》（团结出版社）；诗歌《果实》2020年12月获中国·景州“汉泽坊杯”诗词大赛二等奖等。看起来，李淑珍不仅是一个散文作者，更是一个名副其实的诗人。

《花开半夏》是这部诗集的名字，收录了李淑珍200多首诗歌。诗集共分为六辑：以梦为马、春意无疆、三生石上、从未离开、花开半夏和风吹蓓蕾。诗歌内容涉及风土人情、传统文化、自然风光、心灵物语、美丽乡村和民俗文化等诸多方面。整部诗集既有豪迈的家国情怀，又有温婉细腻的亲情、友情和爱情的抒写，以及对人生的感悟和富有哲理性的思考。

《花开半夏》中的许多诗写得非常精彩，我想这些诗的灵感应该来源于李淑珍对生活、对大自然进行多方位、多视角细致入微的观察和深度挖掘。而在诗中体现的中国价值观念、中华文化精神、国人审美追求，是她努力实现的目标和方向。比如诗集的开篇第一首诗《闪电》，她是这样写的：“燃烧的火焰裹挟着滚滚的炸雷/把天空撕开一道口子//黑暗中一道耀眼的光芒/倏忽一闪/惊呆了无数的目光//战栗的树木瑟瑟发抖/密密的丛林鸦雀无声/世界一下子安静下来/听得见松针掉落的声音//闪电/像一柄长剑刺穿夜的黑/顷刻间大雨如注/淹没了荒芜的心田。”诗中所有的诗歌意象都是中国人常用而且理解的，与读者没有任何隔阂地交流，非常接地气。

诗歌创作要致力于融思想性、艺术性、观赏性于一炉，就需要不断淬炼过硬的文学修养，以高标准为追求，不满足于平凡，更不满足于平庸。诗的世界如此广泛，所见、所思、所悟，只要认真剪裁，都可以形成精致的篇什。比如这首诗《我的花园落满了积雪》：“我的花园落满了积雪/一片洁白//如果说雨/是天空的眼泪//那么雪/就是天空开出的花。”这首诗抓住了一个落雪的小小片段，信手拈来，毫不造作，显得非常精致和文雅。

诗歌创作可以大开大阖，文化气息扑面而来；可以小桥流水，举手投足赏心悦目；可以撷取生活片段，引人思忖或会心一笑。不一样的审美追求，可以产生不同的审美效果，但必须是真诚的、有深度的、有品位的、充满正能量的。比如《孤独》：“繁华落尽/只剩了孤单的身影/在秋风中飘摇//落了一地的叶子/沉默着/不言不语//不想说花开的美丽/凋谢的刹那/就是孤独的开始//坠崖式的跳跃/是决绝的告别/相逢将会是另一个春天。”诗句不多，但是却能直击人们的心扉，对春天的渴望和对新生活的向往跃然纸上。再比如《内心的城》：“陷落一座心城/不用千军万马/一树桂花/摇落一窗明月光//墙上的箭镞/已经锈迹斑斑/十个太阳只剩下一个/不需要再射落了//嫦娥奔月/广寒宫里暗自神伤/后羿的目光/一直都在天上仰望。”本首诗通过对大家耳熟能详的“嫦娥奔月”故事的再造，把那种离别思念的情怀反映得淋漓尽致，寥寥几笔，把内心情感的波澜刻画得非常有深度。

感悟生活，也是诗歌创作司空见惯的话题，一点一滴，一枝一叶，随性随心，便见功夫。生活场景无处不在，用心、用情，还会发现更多。人们对美好生活总是充满向往，用情回忆往事，总会滤去那些原本的苦涩，留下美好的瞬间愈加鲜活。比如《十万顷桃花》："春天/我带你去看十万顷桃花/花瓣一片一片/落在你的发辫上/你的裙裾/在风中飞扬/桃花映红了你的脸/你的脸多像桃花/十万顷桃花为你盛开/你为十万顷桃花而来/我知道为了这一天/你整整守候了一个冬天。"一个普通的看桃花的生活场景，一个普通的桃花意象，但是在李淑珍的笔下变得盛大而热烈。再比如《秋水谣》："老水车咿咿呀呀唱着古老的歌谣/黄河岸边白草飘摇/秋水长天拉远了目光/飞鸟的翅膀掠过山峰/消失在迷雾里/凝露滴在泛着霜花的叶子上/像滑落的眼泪/来不及说再见/匆促的脚步已经抵达离别的车站/幸福的黄手绢在风中凌乱/盈盈的秋水激起波澜。"正是因为李淑珍用心去感悟生活，才会获取这不同寻常的认知与心境。这些对于有过乡村生活经历的人来说，也许是平淡无奇，却总有一些说不清道不明的美好，一旦机缘巧合，便会陡生出无限感慨，记忆中的那些画面其实是一个时代的背影，而精神家园的意象终归是不会改变的，这些诗总能留给我们思考。

中共中央总书记、国家主席、中央军委主席习近平在北京主持召开的文艺工作座谈会上强调，文艺是时代前进的号角，最能代表一个时代的风貌，最能引领一个时代的风气。实现"两个一百年”奋斗目标、实现中华民族伟大复兴的中国梦，文艺的作用不可替代，文艺工作者大有可为。广大文艺工作者要从这样的高度认识文艺的地位和作用，认识自己所担负的历史使命和责任，坚持以人民为中心的创作导向，努力创作更多无愧于时代的优秀作品，弘扬中国精神，凝聚中国力量，鼓舞全国各族人民朝气蓬勃迈向未来。

习近平总书记强调，人民是文艺创作的源头活水，一旦离开人民，文艺就会变成无根的浮萍、无病的呻吟、无魂的躯壳。能不能搞出优秀作品，最根本的在于是否能为人民抒写、为人民抒情、为人民抒怀。要虚心向人民学习、向生活学习，从人民的伟大实践和丰富多彩的生活中汲取营养，不断进行生活和艺术的积累，不断进行美的发现和美的创造。要始终把人民的冷暖、人民的幸福放在心中，把人民的喜怒哀乐倾注在自己的笔端，讴歌奋斗人生，刻画最美人物，坚定人们对美好生活的憧憬和信心。李淑珍在《风中的花头巾》这首诗里这样写道：“寒风中裹着花头巾的乡下女人/推着一辆煎饼车一路沿街叫卖/冻得红肿的手/时不时地在围裙上来回擦一擦//已是夜幕降临的时候/校门口飞出一群小鸟一样可爱的学生/他们围着女人有说有笑/甜甜地喊一声‘阿姨’//女人的脸上顿时泛起了红光/眉眼里全是笑意/她把面糊倒入锅中/飞快地旋转着平底锅/一会儿工夫像变魔术一样/变出一堆薄得像纸片的煎饼……昏黄的路灯下/女人推着煎饼车慢慢地走着/寒风像刀子一样刮着/她的三角形的花头巾/像一面旗子飘着。”李淑珍在这里把诗歌的触角伸向最普通的人，一个寒冷的冬季，那个在学校门口设摊卖煎饼的女人，在她的笔下，一言一笑、一举一动都变得细腻动人，李淑珍把诗情献给最平凡的劳动者，这也正是她的可贵之处。

文学创作者是文艺工作者中最重要的中坚力量。在这里，我衷心地希望李淑珍潜心创作，不断进步，用心去挖掘生活中更精彩的场景，以正能量、感染力去温润心灵，启迪智慧。要相信，好的文学作品一定会赢得人们的钟爱。讴歌新时代，抒写新征程，用文学作品去照亮生活，用精品滋养人心，弘扬主旋律，传播正能量。

（梅雨墨，著名散文家，中国散文学会理事，第八届冰心散文奖得主。）

目录

CONTENTS

第一辑 / 以梦为马

第二辑 / 春意无疆

第三辑 / 三生石上

第四辑 / 从未离开

第五辑 / 花开半夏

第六辑 / 风吹蓓蕾

第一辑 以梦为马

闪　电

燃烧的火焰裹挟着滚滚的炸雷
把天空撕开一道口子

黑暗中一道耀眼的光芒
倏忽一闪
惊呆了无数的目光

战栗的树木瑟瑟发抖
密密的丛林鸦雀无声
世界一下子安静下来
听得见松针掉落的声音

闪电
像一柄长剑刺穿夜的黑
顷刻间大雨如注
淹没了荒芜的心田

胡杨林

漫天飞雪
淹没了一片胡杨林

骨子里的倔强与执拗
让胡杨迎着暴风雪笔直挺立

不死的胡杨
多像铁骨铮铮的汉子

劫后余生
依然不改初衷

以一种永恒的姿势
站立在荒原
守望千年的梦想

目　送

不敢转身
转身就会落泪
爱了这么久
怎么舍得分开

羽翼丰满的鹰
注定远走高飞
孤单的背影
是最后的影像

见与不见
已经没有了区别
失去与获得
都在瞬间完成

天空
才是永远的家

苦难
练就了一双有力的翅膀

能看着一只鹰在头顶盘旋
就已经足够幸福
生命
终归是一场接一场的目送

来来去去
都在追梦的路上奔波
聚与散是预设的局
别轻易去破解

隐姓埋名的人

隐姓埋名的人
独自行走

飞落的巨石
随时会砸下来

前行的脚步
一刻也不曾停歇

神的光芒
照耀着雪域高原

洁白的藏羚羊
安静地守护在牧羊人的身旁

虔诚的朝圣者
隐姓埋名

一步一叩首

只为寻找梦中的菩提树

荷或语言

水波之上的荷
亭亭玉立
紧紧包裹着心事
一只大嘴巴的青蛙
不经意地跳出来
偷窥了夏天所有的秘密

荷或语言
都不曾宣泄什么
红尘渡口
一个孤单的背影双手合十
一拜再拜
遥祝幸福

等待飞鱼的白鹤

冷冬里的暖
打乱了季节
错以为是春天
一只白鹤
翩舞着飞过彩虹桥
而后
长久地停在冰冻的湖心
静立不动
远远看去
玲珑剔透得像玉雕
一道道
好奇与疑问的目光
箭一般射向它
焦灼不安的白鹤
原地打转
就是不肯离开
有人说

它在等待

等待

一条飞鱼的出现

雨滴一直往下坠

你的离去
颠覆了我的世界
从此雨天比晴天多

不喜欢打伞的我
在一片汪洋中迷茫
颠沛流离中寻找从前的温热

冰冷的相框
像一道厚厚的墙
把我们隔在两个不同的世界

曾经的故事，那时的花开
都在梦里

雨滴一直往下坠
大鱼的眼里
有泪滑落

我的花园落满了积雪

我的花园落满了积雪
一片洁白

如果说雨
是天空的眼泪

那么雪
就是天空开出的花

一场天地之恋
倾国倾城

从塞北到江南
轻舞飞扬

连我小小的花园
也落满了积雪

白云之上

飘在空中的轻盈
撕扯着棉花糖一样的甜蜜
想要的都在云端
用不着思前想后
喜欢的都拿走

风一吹云就会动
谁知道下一秒会变成什么
别气馁，别忧伤
目光投向的地方
除了云朵还有南飞的雁

碑

荒冢之中碑石林立
多少辉煌
都化作了永恒的文字
刻在石上

这一别
就是永远
天上人间
再也无缘相见

用一颗虔诚的心祈祷
愿安好如初
碑横亘在那里
挡住了来路与去路

飞扬的旗帜
一直在大风里呼啦啦地飘
肃穆的碑
始终沉默不语

不想说话

从有话要说
到不想说话
这中间
一定跨越了千山万水
有话要说
却不知道说给谁
是一件很悲哀的事情
说给风
风会把它变成流言
说给雨
雨伤心得连自己的眼泪都擦不干
说给云
云会漫不经心地
把完整的故事撕成了碎片
索性
不说话

素面朝天

没有来得及御寒
天突然就冷起来
冷起来的
还有一张没有血色的脸

好在是黑夜
你无法完全看清那张脸
还有那张脸上的表情

干脆忽略那张脸
从容地坐在黑暗里
发发呆也行

黑夜的到来
让一张脸与另一张脸
没有了丝毫的差别
索性扯下面具
素面朝天

益母草

野荒地
一株开过花的益母草
恣意生长
一米阳光
刺得它睁不开惺忪的睡眼
秋意阑珊
已经有了寒意
刮着的风
让枝头的叶子站立不住
垂挂在草尖上的露珠
像一滴强忍着不肯落下来的眼泪
南飞的大雁
排成行
头也不回地离开

墓　园

墓园
在秋天里显得格外肃穆
挨着坟头的是棵青绿的松树
上面结满了松果

墓园里疯长的蒿草
没过了膝盖
散发着幽幽的清香
一些淡蓝或者淡黄的野菊花恣意绽放

不知道另外一个世界是什么样子
我只知道梦中的父亲
像他生前一样慈爱安详

一只叫不出名字的鸟
拍打着黑色的翅膀
悲鸣着绕着这棵树飞了一圈又一圈
破碎的心
经不住颤了又颤

秋天的葡萄园

沉甸甸的果实
垂挂在空中
差点压断藤蔓
一颗一颗
紫的绿的葡萄
珠圆玉润
咬一口
齿痕留香
斜挎竹篮去采摘
酿一坛葡萄美酒
不用夜光杯
也能醉一回

琥　珀

滴落的树脂
像滑落的泪滴
一只无意间飞过的虫子
被封存在黏稠的液体里
越挣扎越被牢牢地吸附
直到放弃抵抗
深埋地下
千万年之后
重新面世
却成了名贵的饰品
挂在谁的脖子上不重要
重要的是从开始到结束
都没有人问过
虫子的伤
虫子的痛
还有虫子最后的挣扎

取暖的方式

冷得都成冰了
一场接着一场的雪还在下
那些曾经用来取暖的玉米秆
还僵尸一样
直挺挺地站立在庄稼地里
无人采摘的玉米棒
裸露着不那么饱满的黄金豆似的玉米粒
一群叽叽喳喳的麻雀
欢叫着飞来飞去
用一双红通通的手
抱一团雪
攒成你想要的模样
冷与冷对峙
而后出现一张红扑扑的脸

雾　凇

露零零的晨，大雾弥漫
树影人影模糊成一片
雾凇的出现
让眼前的世界童话般美丽
枝条上垂挂着银白的凝霜的树木
银装素裹
已经枯萎却硬撑着不肯落下的叶子
缀在枝头
冰河上
一株芦苇白了头发

银杏叶

疏疏落落的枝干上
挂着一把把金色的小扇子
夏天的记忆
被一场缠绵的秋雨打湿
许多黄蝴蝶
拍打着翅膀纷纷出逃
快要越过蓝天了
却被一阵秋风偷袭
坠落的瞬间
化作指尖的轻盈

坐在人世的低处

独自从容地面对一切的悲欢
所有的诱惑
都失去了原有的魅力

已经不那么在意
晴天雨天了
飞蛾扑火般地奋不顾身
只是为了做最好的自己

打开一扇门或者推开一扇窗
都无法拒绝
明明亮亮的月光
水一样流泻进来

丰盈的心
从不惧怕呼啸的风声
千里之外
一匹黑马正在纵横驰骋

斜飞的鸟群

斜飞的鸟群掠过天际
美丽的身影很快消失在
夕阳的余晖里

骄傲如鸟
飞翔的翅膀
从来都不肯轻易停歇

点燃梦想
失火的天堂飞出一只只涅槃重生的火凤凰

那一道道冲天的光
像闪电
耀亮整个天空

和　平

驱逐闯入者
不一定要用武力

放飞千万只鸽子
把和平带到世界的每个角落

打开一把把心锁
在暗夜里点燃烛火，祈福

悲悯
是善良者给予人世间的温情

折断的弓箭
不会射穿无辜的墙

放下
是最好的选择

内心的城

陷落一座心城
不用千军万马
一树桂花
摇落一窗明月光

墙上的箭镞
已经锈迹斑斑
十个太阳只剩下一个
不需要再射落了

嫦娥奔月
广寒宫里暗自神伤
后羿的目光
一直都在天上仰望

偷食灵药
换来的是夜夜抱着玉兔的寂寞
长恨不过
错过了一生最好的爱情

打伞是誓言的必要

站在你的身旁
像一棵笔直的树一样挺立
拼命地撑起那把伞
只是为了不让你淋湿

亲爱的
生命是如此短暂
谁也不知道谁会先离开
能依靠就紧紧环绕
最好的都给你
只要你喜欢

多年以后
这世上没有了你
也没有了我
只有一朵一朵的蒲公英
散落天涯

高高垒起的土堆
像一座荒凉的废城
一棵一棵的树
亲密地挨着

或许会有一只青鸟
站在枝头
不停地歌唱

老　屋

年久失修
在烟熏火燎中
一言不发
王老太太抱着一只花猫
坐在土炕上打盹

半梦半醒中
隐隐约约地看见
一架纺车
吱扭扭地转
一个俊俏的小媳妇
灵巧地纺着线

睡眼蒙眬中
恍恍惚惚看见
打麦场上热火朝天
镰刀挥舞
一捆捆新麦

小山一样地堆放
庄稼汉们乐得合不拢嘴

滴滴，一声汽笛的长鸣
惊扰了王老太太的酣梦
一个帅气的小伙子跳下车
冲着老屋大喊
太婆婆快起来
进城去看大戏喽

原谅尘世

飞扬的尘土
像喷射的烟幕弹
落在眼前
几乎淹没了去路

一场淋漓的雨
瓢泼而下
冲刷着蒙尘的车窗

没有什么是不可以原谅的
爱过的恨过的都像一粒粒尘埃
落定之后
谁还会记得

厚厚的黄土
覆盖了尘世的繁华
一株枯萎的白草
在风中飘摇

叫醒枝头的往事

喊一声鸟就飞了
枝头的花红得像火焰
燃烧着整个春天

记忆的门窗轰然打开
青涩的青春乘着快乐的单车
在倒流的时光里飞驰
我们都变成了原来的样子

一树桃花
映着一张张红通通的笑脸
恰如初见

一只鸟从天空飞过

一只鸟欢快地
从天空飞过
它丰满的羽翼
让阳光落不了地

飞翔
是鸟儿的梦想
它把语言陷进天空
把借来的诗歌给了太阳

晴空霹雳
一颗子弹
让鸟华丽的羽毛
纷纷飘落
鸟巨大的块茎
在天空贴满弧形的叶

谁也不知道
折断羽翼的鸟
梦中是否
依然在飞

流星雨

星星有星星的位置
守住自己的
就已经很好了

从来不想
挤占别人的空间
哪怕是一点点缝隙

光芒四射的太多了
就让我那颗
黯淡一些

如果恰好有一双
洞若观火的眼睛
那么先让她看到你吧

至于我
偶尔下一场流星雨
就够了

相依为命的铁钉

注定是
相依为命的铁钉

爱被深深地
嵌进冷硬的墙

在一次又一次的
撞击中擦出耀眼的火花

锐利的尖
洞穿钢筋水泥的壁垒

一枚心形的叶子
悬挂在半空

孤　独

繁华落尽
只剩了孤单的身影
在秋风中飘摇

落了一地的叶子
沉默着
不言不语

不想说花开的美丽
凋谢的刹那
就是孤独的开始

坠崖式的跳跃
是决绝的告别
相逢将会是另一个春天

野外的花

从来不需要呵护
阳光与雨露
是最好的伴侣

风在肆虐，雨在淋漓
野花儿一朵朵
开出梦幻的色彩

迷恋的小蜜蜂
一路追赶
采摘甜蜜

拿什么给你
这些颤抖着
开在雷霆之下的花

已经习惯了
逆生长
所有的灾难都无法使它陷落

野花儿芬芳着世界
疼痛
早已忘却

秘　密

月亮的脸
那么美
忍不住看了又看

幸福时光
像沙漏一点一点流逝
心疼得差点尖叫

那些开花的日子
明媚的阳光洒满木格窗

轻易地泄露
一朵桃花的秘密

迟暮的人

最后的火焰都将熄灭
像一缕缥缈的青烟
随时可能消失得无影无踪

曾经的黄金时代已经结束
晨钟暮鼓
伴着清风明月

素净的日子
只剩下黑白两色
眼眸里再也没有了霓裳羽衣

发如雪心入定
蹒跚的脚步
慢慢地踱进夕阳的光环里

红彤彤的火烧云尽情燃烧
鸟儿飞翔的影子
划过天际

黄昏来临
所有的一切
都将被夜色吞没

守望麦田

躲过大狗的追逐
只为寻找一抹生动的绿

村落
竖起一道道绿色的屏障
挡住了城市的喧嚣

一只布谷鸟
呼唤着另一只布谷鸟

在细细的电线杆上
双双起舞

麦田的守望者
痴痴地凝望着一片金黄

以梦为马

如果有来生
一定会在春天苏醒
面朝大海
春暖花开
以梦为马
驰骋千里

如果有来生
一定会在春天飞歌
喂马劈柴
周游世界
以梦为马
纵横四海

如果有来生
一定不会选择卧轨
幸福的闪电

耀亮每一个人
以梦为马
穿越时空

第二辑　春意无疆

花开半夏
HUAKAI BANXIA

走过老街

悠悠地走过一条老街
串串红的冰糖葫芦唤醒儿时的记忆
桂花糕小麻花嫩豆腐的香味
是挡不住的舌尖上的诱惑

两个小伙子
拿着木槌用力地敲打着牛皮糖
一个老人
在切刚刚新鲜出炉的切糕
一个少女
把一朵带着露水的玫瑰花
插在一个细口瓶子里
一个老阿婆
带着老花镜
专注地绣着一对鸳鸯

悠悠地走过老街
自在随意

像一尾漏网的鱼
在快节奏下的城市里
过着慢生活

秋天写意

山坡上
一丛丛鲜嫩的小蒜很是惹眼
山里人家
房前屋后盛开的大丽花
妖娆无比
熟透了的大红枣
偷偷地藏在稠密的树叶间
不用竹竿
抱着小枣树纤细的腰身
轻轻地摇一摇
就会落下一堆熟透了的枣子
胭脂色的棠梨叶子
在风中打着旋
一副悠闲自在的模样
憨憨的南瓜
躺在路边的草丛里
枯黄的玉米叶子
无精打采

结实的玉米棒子
咧着嘴露出一排排整齐的金牙
刚播种的麦苗
因为一场透雨的到来
蹭蹭蹭地蹿出地面
一片青绿

静止的鸟巢

硕大的鸟巢像一个竹篮
静静地挂在一棵古老的核桃树上

一对对喜鹊喳喳喳地叫着飞过头顶
美丽的翅膀在空中像一把把展开的扇子
收放自如

镜头无法捕捉瞬间的惊艳
心中却镌刻下飞翔的影子

封存的记忆
想什么时候打开就什么时候打开
扑棱棱的翅膀
立刻呼啦啦地扇动

静止的鸟巢
放置着一颗永不言弃的心
即使有一天突然空了

只看一眼

一眼

足以抚慰漂泊的伤与痛

蓝月亮

任性的云朵
团出一个雪球

风掀起天空的衣角
露出海蓝的里子

刀锋锐利
白雪的世界被切割

一个迷人的蓝月亮
挂在天上

果　实

结什么样的果，早已注定
酸涩或者甘甜
比谁都清楚
只是不甘心，只是不放弃
白白地开了花，白白地结了果
秋风一吹，该落的还是落了
腐烂的果肉
碎裂落地的声音
惊心
一枚两头尖尖的坚硬的果核
裸露出来
一只鸟拍打着翅膀飞扑下来
衔着它
开始另一场新的生命之旅

掀开雨帘

沉闷的秋天
雨像受了委屈的小媳妇
哭起来没完没了
停是停不下来了
掀开雨帘
用一朵花开的时间去漫步
雨珠落在叶子上
滚圆的像珍珠
雨水洗过的花朵
美得不能再美了
白的玉石一样白
粉的金粉一样粉
出了园子又进了园子
花朵围成的迷宫
炫目魅惑
好不容易走了出来
又被一朵花的异香
引得原路返回

兜兜转转
不知走了多少个来回

一朵被细细的茎撑着
浮在水面之上的荷叶
被风吹着一路小跑
没跑多远就被硬生生拽了回来
一只背脊上闪闪发光的金鲤鱼
在莲叶间嬉戏
安闲自在
掀开雨帘
用一朵花开的时间去漫步
被雨水洗过的世界
明亮通透

漂　流

雨趴在玻璃窗上哭泣
蝉在树上拼命地呼喊

闷热的夏天
像个发着无名火的坏脾气的孩子

干脆躲起来
跟着一顶会飞的草帽
四处漂流

小溪山涧白云
都是清幽静谧之地
圆脑袋的蝌蚪一定不会少
偶遇一只频频回头的梅花鹿也不是没有可能
云朵更不用说了
它们本来就是我们的家

会飞的草帽
带着无尘的心
远离城市的喧嚣与浮躁

花的时间

怦然心动地开
寂然地落

花的时间在时光轴里流转
最好的都给你

转身的瞬间就是离别
枝头的惊艳
落地成泥

深情不负岁月的眷恋
莫问归处
只待来年春天的重逢

莲　池

一池碧水
只为莲的盛开
田田的莲叶上
雨滴跳跃着翻着跟头
小荷尖尖的角
刺破镜子一样平滑的水面
独舞的红蜻蜓飞飞停停
最终还是选择了离开
鱼儿在自由王国里
惬意地游来游去
一场白白的大雨铺天盖地
涨了莲池

油菜花

油菜花盛开的蒲河川
开满撒金的花朵
月宫里的嫦娥
抱着玉兔偷偷下凡
徜徉在花海忘了归路
花儿开出了嫦娥的模样
玉兔也蹦跳在花丛里
大美西峰
在盛开的油菜花里灿烂
手牵手走过连心桥
情韵满山川

刹　那

雨打在伞面上
发出叮叮当当的脆响
飞也似的旋转的伞
让滑落的雨珠刹那间成为雨花

空空荡荡的湿地
松树柏树杨树柳树都在雨里静默着
枯萎的蔷薇幽幽地散发着暗香
月季不厌其烦地开了又落，落了又开

一片红艳艳的山丹丹正在土坡上燃烧
雨滴不断地敲打着
荷塘里田田的莲叶
始终没有得到任何的回应
一株瘦弱的芦苇在水里飘摇

疏影横斜
一只水鸟迅疾地掠过水面
滑翔的影子拉长了目光

草木的香气

不沾染任何粉黛
拧得出汁液的青草和着木香
让整个夏天芬芳四溢
初露锋芒的麦穗挺起胸膛
尖尖的豆荚似的油菜籽
饱满而又密实
稍稍触碰油汪汪的沾得满手都是
醉人的绿覆盖着群山
隔断荒凉

春意无疆

从第一朵花开
到满目春色
你给的惊喜还少吗
就要越过眉眼
抵达心海了
却被一场没来由的风吹散
散了就散了
不用太忧伤
雨一样落的不是眼泪
是花瓣
想你的时候
就去小溪山涧或者茅草屋的屋顶
我知道
你一直在那里
默默地等待
等待另一场花开

茧

从来都没有想过要突围出去
层层包裹
只是为了与喧嚣的世界打一道墙
丢进滚水里
抽丝剥茧
是别人的事情
蚕只做蚕自己
也曾化作蛾子飞过
却没有躲过一片桑叶的诱惑
虫子就是虫子
最后，还是会回到原来的样子

敲响钟声

火光冲天
浓烟遮蔽了塞纳湖畔的天空

哥特式的塔尖
在坍塌的那一刻
一双双哭泣的眼睛带着深深的疼惜

八百多年的历史古迹
被焚毁不仅仅需要救赎还需要忏悔

真羡慕那些去过巴黎圣母院的人们
他们目睹了它的辉煌

人性与神性
为巴黎圣母院披上了神秘的面纱
艺术的瑰宝让它熠熠生辉

雨果笔下的敲钟人卡西莫多
一定会在许多人的心中复活
失火的巴黎圣母院
还会再现美丽的姑娘爱斯梅达拉

敲响钟声
生命与灵魂
在撞击中闪现出耀亮的火花

属　性

前世一定是一棵树
一棵开满花的树
今生才会为一朵花停留
停留在暮春的路口挪不开步子
每朵花上都有一个精灵
它们用自己独特的语言倾诉
忽而立夏
一阵风儿吹来飞花成阵
飘起漫天花雨
杏子桃子忙着结它们的果
春天的尾巴抓不住
夏天荡着秋千
呼哨一下翻了过去

卵　石

卵石光洁润泽得宛若一块块美玉
可佩可拿可赏玩
流水的侵蚀与岁月的打磨
让方方正正的它们改变了模样

被削去的棱角风化成沙砾
圆滚滚的像皮球
踢一脚也不知道喊疼
随意丢在水中
立刻溅起漂亮的水花

方圆之间的卵石越来越讨人喜欢
只是再也回不到
曾经千锤万凿的大荒山

夏　夜

霓虹闪烁的城市街灯连成一片
重叠的光与影
像一双双大睁的眼睛想洞穿一切
知了不知疲倦的歌唱单调而乏味
荷轻轻舞动着绿裙子
一叶小舟在柔柔的江水里飘荡
一条红鲤鱼蹦蹦跳跳地跃出水面
不知被什么东西吓了一跳又迅疾地落入水中
打碎了镜子一样平滑的江面
无数像星星一样璀璨的亮片
一闪一闪

消夏录

花事不断的夏天
是最好的季节
酣畅淋漓的汗水
让这个季节多情而迷人
缀在枝头的青涩的果实
是诱人的魅惑
流水在一个个皱褶里
打着解不开的结
冒着泡泡的鱼儿
让整个湖面生动起来
高大的灌木挡住视线
仿佛置身于绿野仙踪
突然不想再往前走了
坐下来
靠着夏天的肩膀
听一听内心的声音

一滴小小的雨

你从天上来
一路蹦跳着滑落
小小的雨滴
是挂在低垂的天幕上
蓝色的眼泪
扑入大地母亲怀抱的刹那间
拥有了归属感
干燥的空气潮润甜腻
湿了的不只是草木
还有许多愣头愣脑的石头

拔节的力量

谷雨
一场淅淅沥沥的雨湿了天空
麦苗以疯长的姿势立于田野
一棵柳树旁逸斜出
喜鹊收拢了翅膀落在了枝头
丁香淡淡的清香在雨雾里幽幽地飘散
一树一树的樱花宛若天边的云霞
金色的油菜花像一幅幅画卷铺排开来
最后的桃花妖娆着开出一片灿烂
无花只有叶的杏树在雨里不言不语
或许已经有一枚青杏正在暗长

临水照花

锈迹斑斑的钥匙
已经无法打开
悬崖峭壁上
那一把把被长长的铁链
链在一起的同心锁
那些被雷电击伤的伤痕累累的树上
刻着许许多多字迹模糊的名字
一只啄木鸟
在被掏空的树洞里飞来飞去
夏风，把一瓣瓣小扇子样的合欢花吹落
它们坐着流水的小船
飘向远方

清　明

清明的雨和着泪
一滴一滴地落下
一座座孤坟横亘在眼前

跪拜坟前的人
撕心裂肺地呼喊
呼喊着亲人的名字
一遍又一遍
却得不到任何的回应

雨点越来越密
打湿了纸钱
撑一把伞遮住雨幕
让纸钱慢慢地燃起来

燃烧的火焰
焚烧不掉永恒的记忆

刻骨铭心的爱
早已在心里植了根

它们穿透了身体
长出了枝丫

食指，悄悄在空中落笔

擦亮星空
食指，悄悄在空中落笔
写下两个熠熠生辉的字
“妈妈”
喊一声妈妈
泪如雨下
唤一声妈妈
灿若云霞
从孩子出生的疼痛开始
受宠的公主
变身超人
风雨兼程一路奔跑
折叠自己
收放自如
爱化作一道彩虹
撑起一方晴空

苦　雨

清明
一场苦雨接着一场苦雨
惨白的杏花
开满山坡
一堆堆突兀的坟头
沉默不语

父亲，清明来看您
一张张纸钱
在幽兰的光里燃烧
一阵猛烈的狂风
吹散虚化的灰烬
我们的魂跟着丢了
紧接着心也碎了
父亲，天堂好吗
但愿我们的泪
不曾淋湿您的晴空

花　事

一团团一簇簇
都是心心念念的期盼
从寒凉到温热

暖的感觉一路攀升
春天的脚步快了又快
还是追不上草长莺飞
死寂的旷野
再次欢声雷动
鸟鸣声声
呼唤一场荼靡的花事

一层又一层
紧紧包裹的花蕾
用最朴素的方式
打开热爱

大　雪

冰河落雪
是要把千年的寂寞碾压成碎玉吗
彻骨的寒冷
凝结在冰之下水之上

大雪纷飞
淹没了西风的怒吼
胡杨林
齐刷刷沉默不语

坚冰的锐利
高悬在屋檐之上
林立的冰柱
禁不住太阳的暴晒就已经开始断裂

到底是水的化身
幻形也做不到无情
大雪倾城
覆盖了刻在碑上烙在心上的累累伤痕

听　海

一生中
总该有一次
放逐自己在大海的面前

别无所求
只为
听一听海的声音

任凭
海浪拍打海岸
一次又一次打湿裙摆

跃入海中
化身活泼的鱼儿
跟着浪花跳跃

潮水汹涌而来
咆哮着
淹没了白色的沙滩

珊瑚　海贝　石头
浮出水面
迷恋的目光痴痴地追寻

一只飞鸟
在海面上空不停地
盘旋

蝶恋花

蝴蝶对花的迷恋
无可救药
爱是需要救赎的

别问蝴蝶为什么会迷路
花儿不该承受
这场虚妄的爱情

爱有时候
也会是一场灾难
无端地背负无形的枷锁

蝶恋花
梦境里是最美的场景
醒来
静默却是最好的表达

十指扣

十指相扣
不需要任何理由
一种默契无法言说

人生无常
花前月下的浪漫
风霜雨雪的洗礼
都是为了见证一场
生死不渝的爱情

燃烧的火焰
灼烧着黯淡的日子
横跨时空
不变的是我们在彼此
心中的位置

迷乱的世界只钟情于一人
是一种极致的幸福
默默地守护
磐石般的真爱

绽　放

匆匆开着的花
以一种急切的方式
打开对世界的爱恋

昙花一现的美丽
也曾经有过怦然心动的感觉
转眼就已成空

谁还在痴痴地等待
等待一场花开

那些美好的回忆
像老电影一样
不断回放

想到蝴蝶

想到蝴蝶
就想到春暖花开

美丽的小精灵
在花海中翩跹起舞

它们为花而生
赶赴一场盛大华丽的约会

薄如蝉翼的翅膀下
扇动着灵动的光

梁祝化蝶
成就了最完美的爱情故事

深　爱

圆圆的果实藏在里面
外面却是红艳艳的花朵一般的包裹

叫不出它的名字
却被啪地一下坠落的声音
惊得目瞪口呆

英气逼人的秋阳的光芒
像万道齐发的乱箭
射穿了一树树心形的叶子

透过光与影的缝隙
可以看到果实完好无损
落了一地的却是胭脂红

深爱莫过于此
成就与成全
是生死不渝的誓言

春天的马蹄

向阳而生
冷锋以极致的方式左冲右突
凌厉中
带着虚张声势的暴怒
粗犷的西风
扯开嗓子猛烈地狂吼
柔的水
冻结成尖锐的冰凌
稍稍触碰
就会有刺痛的感觉
惨淡的阳光
洒落一地的憔悴
小寒大寒
跟在后面推波助澜
冷与冷对峙逆袭成暖
咔嚓一声冰层断裂
春天的马蹄
轻快地踏过冬天的栅栏

牡丹辞

一场淋淋漓漓的雨
不请自来

赏花的人
还在路上奔波
牡丹
已经开始凋零

云朵的白，彩霞的粉
散落一地
一种疼痛从心底升腾

牡丹的凋零
与盛开一样惊心动魄

一大团一大团
凄美决绝

大雨如注
落下无花只有叶的悲凉

天生的傲骨
摧折不断
开都开了，落又何妨

在春天复活

笔端流泻着美丽的诗行
满天的风筝
扯断牵绊着的线
飞向蓝天

滑落的瞬间
没有一滴悲伤的眼泪
打湿青草地

挣脱的刹那
已经达到了想要的高度

巅峰时刻，没有狂欢
只有一只恋恋不舍的鹰
始终在头顶盘旋

一场不期而遇的春雪

一株荒草
一棵落光叶子的树
都在大雪里静默

世界是安静的
心也是安静的
咯吱咯吱的踏雪声
是此刻能够听到的最动听的音乐

一群出没在雪中的野狗
吓得一只蹦蹦跳跳的小兔子
慌不择路
从身边匆匆逃遁

一只老麻雀
顾不得寒冷
为了巢穴中嗷嗷待哺的小麻雀
勇敢地在风雪中觅食

柔媚的春雪
丰盈饱满
赶在春花之前
绽放美丽

所有的荒凉
都因了白雪的覆盖圣洁而温暖
雪人痴情的守候
见证了一场冰雪的爱恋

起　初

凋敝的牡丹园
黑褐色的叶子不堪入目
那些曾经盛开着的花朵早已萎谢

季节操着锋利的刀
毫不留情地斩断了一丝一缕的情丝
春天的记忆那么清晰

始终放不下却装作拿得起
不堪一击的坚强
在刺骨的寒风中摧折

如果不是因为冬天那张冷若冰霜的脸
也许我们还会紧紧攥着手中早已枯萎的花朵
绝不会让它在风中坠落

有泪如倾打湿了翻开着的书
那些偷偷藏在书页间薄如蝉翼的花瓣
完好如初

梦见雪花

风像愤怒的狮子嘶吼
窗玻璃噼里啪啦随时有被震裂的危险
这样的夜注定是无法安睡的

一盏明明灭灭的灯
在黑暗中闪着幽兰的光
像一双因为恐怖而大睁着的眼睛

一场大雪
就在这样的情景里落下
柔软无骨
粉碎了潜藏的锐利与锋芒

午夜狂欢
最美好的祝福都化作一朵朵的雪花
落在肩上还是心上
都会是舞动的蝶

秋 天

已是凝露更深的时候
寒意阵阵袭来

倦了桃红柳绿
来一场帘卷西风

五彩斑斓的叶子
漫天飞舞
像极了一场花瓣雨

绮丽的梦幻
化作湿润的泥土
冰封在冬天的魔咒里

只待
又一个春天的到来
盛放花千树

麦子熟了

五月
艾蒿插满门楣
鬼魅不会乘虚而入

忽冷忽热的天气
让人捉摸不定
季节也在错位

失火的天堂
飞出一只大鸟
不知道是不是重生的凤凰

千年的西风
一直在不停地吹
黄土高原的麦子
熟了

看着天黑

夕阳涂抹着最后的光亮
黑色的云层愈来愈厚
山一样竖起屏障
一声炸雷
惊飞倦鸟
黑色的翅膀在暮色里
扑棱棱地飞
看着天黑
沉重的脚步越来越慢
无意间
踩碎无数凌乱的影子
大雨倾盆
所有的悲喜交织在一起
说与不说都无关紧要
一团火
熊熊燃烧

仿　佛

故事改写
许多原本错过的人和事
仿佛重新来过

这一次
是否
真的不再轻易地放弃

遥望夜空
星子一闪一闪
像一个个期待的眼眸

一句情非得已
已经泪流满面
错失
是注定的结局

擦肩而过
只留下一个孤单的背影
在月下独自徘徊

第三辑　三生石上

布　谷

倾仓而出
布一场稻花香的阵
用不了多久
就会收获喜悦

那点汗水算不了什么
磨得锃亮的镰刀
跃跃欲试

布谷鸟
不停地呼喊
饱满的谷粒
在秋风里匍匐
虔诚地膜拜大地

河　流

混浊的清澈的
流淌的河

多像眼泪
爱就够了

别问我
一路奔流
跨过了多少沟沟坎坎

从来都不后悔
也不会回头

雪莲花
见证过我的美丽

麋鹿
曾在这里流连

一只丹顶鹤
轻轻地轻轻地飞过

湍急的河流
向前向前

低

子弹横飞
鸟儿敏捷地躲闪
还是受了伤

以低飞的姿态
掠过水面
划痕瞬间弥合

轻轻地
拍一拍滴水的翅膀
向南或者向北

滴血的伤口
撕裂般疼
一根矮树枝刚好落脚

四月天

四月天的花儿
开到荼蘼
我小小的竹篮盛不下
一阵风儿吹来
飞花片片

奔跑的我
与一只梅花鹿
撞了个满怀
花儿洒落一地
眼睛对望着眼睛
惊喜与惊讶对对碰

一双双飞舞的蝴蝶
飞快地落在了花瓣上
扑通扑通跳着的心
小鼓一样敲起来

不必灯盏

萤火虫
拍打着薄如蝉翼的翅膀
轻轻地飞舞

不必灯盏
它们自带光芒

漠视与轻薄
不会阻挡心的飞翔

月亮的脸
一点一点藏了起来

小小的精灵们
提着小灯笼
飞来飞去

浮　生

虚无中

看一朵莲兀自盛开

浮生若梦

多少繁华终成空

欲望的城

不坍塌也会沦陷

尘土飞扬

淹没了曾经的喧嚣

安静

是世界本来的样子

回归

不问来路与去路

打开的细节

不想一一细说了
干脆把心撕裂
好与不好
自己看吧

这么多年的隐忍
也是到了头了
知道火山迟早会喷发

压是压不住了
就让它爆炸

虚拟的世界
崩塌的瞬间
就是真实的复原

没有那么多的为什么
因与果结缘
结局早已注定

花开时节

盛享一场
活色生香的盛宴

一树又一树的繁花
开到荼蘼
醉了岁月

一梦千年
恍惚间
一个又一个

灵魂有香气的女子
袅袅婷婷
走出线装书

梦里听花

延伸梦里的小路
铺满鲜花
骤雨呼啸而来
击落花千树

一大朵一大朵
落地有声
它们战栗着
哭泣着，湿了苍穹

梦里花音
让一颗悬浮的心
飘来荡去
无处安放

呜咽的箫声
隐隐约约
一缕香魂
随花飞逝

洁白的诉说

白玉兰
乍放在春天里
洁白的花朵
战栗着摇摇欲坠

一只鸽子
从树上飞过
好奇地回头
望了又望

一种疼痛
无法言说
一地的洁白
诉说着忧伤

痴人的梦
整整守候了一季
转瞬之间
碎在风里

落　幕

落幕即是散场
繁华落尽
空余恨
一曲歌罢
笑春风
琵琶弦上
说相思
声声慢里
诉离殇
浮生若梦
一枕寒凉

春的枝头

雪落在春的枝头
惊飞了
一只翠鸟

一场淅淅沥沥的雨
接着一场纷纷扬扬的雪
突然间季节全乱了

亲爱的朋友
我这里下雪了
是春天的雪

你那里
下雨了吗
是梨花雨吗

远　方

听说你去了远方
大雁见过你的美丽
未名湖畔留下过你的倩影
心儿跟着你一起飞

世界如此之大
你的脚步不曾停歇
走遍大江南北
留下绝美的画面

突然有一天
你不见了
听说飞机失联了
我的心跟着走丢了

卖火柴的小女孩

小女孩赤着脚
在大年夜
拿着一盒盒火柴
沿街叫卖

眼巴巴地望着
阔气的先生太太
冷漠地走过
饥饿与寒冷
像一把刀
插进她的身体

点燃一根火柴
一只香喷喷的烤鹅跳下桌
点燃一把火柴
慈爱的祖母向她走来

火光中
小女孩
带着甜美的笑
飞到天国去了

生命的火焰

死神的魔掌
布满黑夜
像一张无形的网
困住孱弱的生命

天使
噙着泪
守护
生之门

一场生命的图腾
在火焰中舞蹈
凤凰涅槃
浴火重生

红尘中飞渡
轮回中辗转
一念缘起
一念缘灭

重　逢

走过人生的多少个春秋
才能与你重逢
别离时雪花飞舞
相遇又是怎样的季节

曾经以为
相守就是一生一世
一场雪花之后
再也没有了你的消息

午夜的昙花
开得如此绚烂
白色的花朵散发着奇异的香味
惊艳了时光的回眸

来不及给你一个拥抱
你已像昙花
消失得无影无踪
重逢只在梦里

听　雨

雨敲打窗棂
急匆匆地赶来
像是要赴一场约会

滴滴答答
顺着屋檐
蹦蹦跳跳地滑下
溅起一地水花

待嫁的新娘
透过雨帘聆听
抖抖婚纱上的幸福
两颊顿时绯红

一只蜻蜓
扑打着幼翅
飞快地
停在新郎途经的花丛

破

心不在焉地
把一粒苦瓜籽
丢进栽着幸福树的花盆里

有一天
种子破土而出
小小的茎叶
疯魔似的
呼啦啦一下子
蹿得老高老高
谁都不指望它
开花结果

整整一个冬天
枝枝蔓蔓
爬满了幸福树
黄色的小花
开满了幸福树

午夜梦醒
惊讶地发现
苦瓜结果了

越来越近的脚步

撕下的日历
被风刮着
在眼前打了一个旋
像离人依依不舍的挥别
鞭炮的脆响
声声入耳

大山深处
炊烟袅袅
母亲将凉了的饭菜
热了又热
父亲站在山顶
望了又望

山喜鹊
站在树梢上喳喳地叫
远足的游子
脚步越来越近

抵　达

彼岸花开
如火如荼
思念如茧
一层一层将心缠绕

起飞的时候
你青春洋溢的笑脸
像一朵盛放的莲花
一飞冲天，鹰一样的雄健

战机在空中盘旋
一会儿高一会儿低
漂亮的空中动作
吸引着无数的眼球

突然间一团一团的云朵
紧紧将你环绕

战友的呼唤
遥远得就像在天外

你就这样
远离了人们的视线
彼岸花开
你可曾抵达梦想的远方

邂　逅

在雾霾厚重的世界
与一场雪邂逅
满眼都是喜悦
天空那张蒙尘的脸
因为一场雪的到来
露出了蓝的底色

那一地的洁白厚积着
谁的脚踩上去
都像落在了画布上
一串串一行行
深深浅浅
全然是神笔描摹的画卷

小城的大街上
两位白发苍苍的老人
推着装满废品的车子

一步一滑地在风雪中行走
一只蹦蹦跳跳的小狗
撒着欢儿紧跟在身后

晚　安

静静的月光下
花儿静静地绽放
舒缓的音乐
轻轻地流淌

躺在摇篮的婴儿
沐浴着如水的月光
甜美地入睡

也许还有人
在灯红酒绿里买醉
也许还有人
在歌舞升平中迷乱

晚安
打开挂着的锁
晚安
熄灭亮着的灯

夜色压境

夜色压境
母亲孤单的身影
映在窗棂上
泪水打湿
薄如蝉翼的窗纸
噬咬思子的心

夜色压境
霓虹闪闪烁烁
像魅惑的眼
游子在舌尖的盛宴里
醉得东倒西歪
不知家在何方

围　墙

雾霾缭绕的城市
蓝天失去了纯净的蓝
白云蒙上了灰
梦想像潘多拉的魔盒
魅惑着我
飞得很高很高

繁华的都市
天天车马喧嚣
夜夜灯火辉煌
疲倦不堪的我
辗转反侧
无法入眠

围一道城墙
将世界分离
卸下登天的梯

独守一个人的清欢
架柴取火
冷暖自知

捻动露珠的佛珠

露水串起的佛珠
晶莹剔透
佛的慈悲
在捻动的佛珠里

小心翼翼
捧起一滴清露
像捧起
一颗漂泊无依的心

木鱼声声
佛珠轻捻
度尘世的苦
化众生的悲

放下执念
用一生的良善
换得
天上人间一见

埋一颗心

埋一颗心
在荒芜的原野
春风一吹
草芽儿探出头四处张望
柳叶儿梳理着秀发
桃花羞红的脸无处躲藏

埋一颗心
在封冻的江面
一半是浮冰
一半是流水
破冰击水
千帆竞发

埋一颗心
在孤寂的山林
踏雪折枝
蓦然回首

迎春花
巧笑嫣然

埋一颗心
期待春天的到来
百灵鸟一展歌喉
花仙子飘然而至

茶

干枯的叶子
在滚烫的水里
舒展身姿
花样绽放

茶香弥漫
浸染岁月
慢慢熬煮
似水流年

悄悄地收藏
风干的青绿
闷罐里装着
遥远的记忆

苦涩一缕一缕
飘出窗外
甘甜一点一点
溢满心田

花开了

天空与大地
一个习惯了俯视
一个习惯了仰望

高冷
像三九天的雪
冰冻了
滚烫的心

别问为什么
就像一场大雨
突如其来
淋雨的人
拼命地奔跑
雨水还是打湿了衣裳

疏离与无间
只隔着一盏茶
一转身
花开了

梦在路上

多想变成一匹黑马
以风的速度
追赶梦的脚步

它像一个调皮的孩子
一边疯跑一边躲藏
眨眼间就丢了

草丛里没有
花骨朵里没有
梦去了哪里

黯然神伤的我
一抬头，看到一弯新月
露出妩媚的笑脸

端　午

母亲深情的眼眸
落在花花绿绿的香包里

在大树的两端
系一条细细的绳子
挑起各色的香包
也挑起了母亲的骄傲

一针一线
倾注着母亲
对生活的全部热情

金灿灿的葵花
团团圆圆的绣球
都是吉祥如意的象征

天生喜欢女红的母亲
绝不允许自己有片刻的闲暇

零零碎碎的布片
经过母亲别出心裁的刺绣与缝制
巧夺天工

小小的香包
遥寄着一份浓浓的祝福
期盼千里之外的游子
归来

秋天的月亮

嫦娥仙子
在月宫翩翩起舞

飘香的桂花酒
醉倒了吴刚

明亮亮的板斧
丢在一边

秋天的月亮
挂在天上

思念的人
在心上

春日深

姹紫嫣红
春天如我们所愿
在一树一树的花开里烂漫

那些石缝里的青绿
挨挨挤挤挣扎着破岩而出
一株野草或者一棵蒲公英
都成为亮色

春日深深
不知是谁打翻了调色盘
赤橙黄绿青蓝紫满山满坡地晕染开来
像是一幅天然的画卷

春满人间
用最直白的方式表达爱恋
向阳而生
唤醒一切沉睡的生命

忽然花开

忽然花开
色彩斑斓的世界
给了人间
最美的四月天

驰骋的白驹
纵横四海
光阴的故事不停地流转

沙漏慢慢地沉淀着记忆
一些人一些事
永远消失在深海

飞花过处
尽芳菲
四月是刻在心里
永恒的美丽

三生石上

梨花似雪
芳菲着人间四月天
衣袂翩翩
笑靥如花的你
莲步轻摇

最深的爱恋
镌刻在三生石上
一把牡丹扇
折折叠叠

桃花渡，溪水边
琵琶轻弹
水袖曼舞
一出折子戏
醉在人间四月天

绳 结

绾一个死扣
或者打一个活结
全在心境

注定的缘分
拆解不开

简简单单的一根绳子
可以绕成同心圆
也可以扭八字

绳结
是一个难解之谜

其实上苍早有安排
顺其自然就好

谷　雨

天遂人愿
谷雨一场大雨酣畅淋漓

此后
再也不会惊起波澜了

平和的天气
一如平和的心情

布谷鸟声声
呼唤布谷布谷

稻香
在梦里弥散开来

霜　降

说好霜降
却来了一场极端的雪
一夜之间
秋天突然变成了冬天
世界如此美艳
叶子红得像烧红的铁
滚烫得不敢触碰
那些枝头的果子
充满了诱惑
霜降
一场雪捷足先登

爱凋零的花

不必惋惜
凋零是必然的结果
在最美的季节
倾力绽放
面对残冬这段漫长而又暗黑的路
将根深埋地下是最好的选择
曾经的明媚鲜艳
恍若隔世
泥土永远都是温暖的所在
焦黑憔悴到不堪入目
它也会伸出臂膀
拥抱一颗饱经风霜的心
期待一场大雪的到来
冰冻了所有的美丽
春雷炸响春潮涌动
满目都会是花的颜色

秋水谣

老水车咿咿呀呀唱着古老的歌谣
黄河岸边白草飘摇
秋水长天拉远了目光
飞鸟的翅膀掠过山峰
消失在迷雾里
凝露滴在泛着霜花的叶子上
像滑落的眼泪
来不及说再见
匆促的脚步已经抵达离别的车站
幸福的黄手绢在风中凌乱
盈盈的秋水激起波澜

第四辑 从未离开

花开半夏
HUAKAI BANXIA

芦　苇

一株株芦苇
在水里飘摇
一副弱不禁风的样子

一叶小舟误入芦苇丛中
来来回回地打转
终于冲出重围

水鸟不疾不徐地飞过
偶尔落在芦苇荡
呢喃低语

锁不住的时光
飞也似的逃跑

荒草漫过了河堤
曾经的青绿
已然是一片枯黄

柔韧的坚持
成全了最后的美好
来年依旧青青

黄土窑

寂静的夜晚
一轮皎洁的皓月
明明亮亮地照着陇东人家的黄土窑

热乎乎的土炕上坐着绣香包的女人
绣花针一起一落
两只鸳鸯活灵活现

旁边的汉子
有滋有味地咂着旱烟
出神地看着栩栩如生的绣品

灶膛的火苗熊熊燃烧
一锅喷香的羊肉
散发着诱人的香味

汉子端起自酿的黄酒
一饮而尽
醉意朦胧中摇摇晃晃出了门

对着空荡荡的山谷
猛吼一嗓子陇东民歌
震得树上的雪扑簌簌地落

风中的花头巾

寒风中裹着花头巾的乡下女人
推着一辆煎饼车一路沿街叫卖
冻得红肿的手
时不时地在围裙上来回擦一擦

已是夜幕降临的时候
校门口飞出一群小鸟一样可爱的学生
他们围着女人有说有笑
甜甜地喊一声“阿姨”

女人的脸上顿时泛起了红光
眉眼里全是笑意
她把面糊倒入锅中
飞快地旋转着平底锅
一会儿工夫像变魔术一样
变出一堆薄得像纸片的煎饼

女人麻利地把早已拌好的细细的土豆丝
包裹进煎饼里
少男少女们馋得直流口水
接过煎饼狼吞虎咽
清脆的上课铃声突然响起
他们奔跑着冲进校园

昏黄的路灯下
女人推着煎饼车慢慢地走着
寒风像刀子一样刮着
她的三角形的花头巾
像一面旗子飘着

从未离开

糌粑卓卓
草原美丽的格桑花
怎么舍得你离开
在场见证了你非凡的文采
一篇《世界》泪湿多少双眼睛
你把爱心给了雪域高原的贫困学生和孤寡老人
却把悲伤留给大草原
风吹动着经幡
我们一遍又一遍呼喊着你的名字
糌粑卓卓
永远的格桑花
你一直与我们同在
从未离开

似醉非醉

捧起一杯红酒一饮而尽
心事全在酒里
似醉非醉
对着一弯残月独自落泪
午夜的钟声已经敲响
伤心的人无法入睡
昙花的余香
在夜色里弥漫
破碎的玻璃躺在地上
一种疼痛无法言说

一双白球鞋

因为一双白球鞋
睡不着觉
趁着哥哥熟睡
小脚丫踩着新鞋子
在月色下蹦蹦跳跳
一不小心
重重摔了一跤
妈妈听到声音
急急忙忙跑出来
一把抱起崴了脚的我
看着掉落的鞋子
眼睛里有亮光一闪一闪
第二天
我拥有了和哥哥
一模一样的白球鞋

天使的微笑

天灾突如其来
在生与死的刹那间
母亲将生的希望
留给了孩子
柔弱的双肩
撑起一方晴空
爱在那一刻被写真
情在那一刻被定格
天使的微笑
绽放在山崩地裂的一瞬
人性的光辉　照耀灾区
九寨挺住
地震不哭

蛛　网

一张透明的经纬分明的网
在风雨中飘摇
有魔幻的感觉

没有看到猎物的挣扎
也没有看到蜘蛛的不动声色
静静地静静地只有等待

或许会碰到一只误打误撞的飞蛾
自投罗网
伪装者是否会伺机而动

大雨如注
淹没了
可能发生的一切幸与不幸的故事

虚无
是上天给予的最好的注解
破碎
是不争的事实

苏　醒

一场接着一场的雪花
掩埋了冬的忧伤

在一粒种子
萌芽的爆裂声中
春天睁开
睡意蒙眬的眼
对着明晃晃的太阳
打了一个大大的喷嚏

多情的小雨
淅淅沥沥下个不停
各色花儿
赶趟似的绽放

一个扎着马尾辫的小姑娘
在春风里奔跑

鲜亮的红裙子
像旗帜一样飞扬

女孩手中的花蝴蝶
拼命挣脱缠绕的线
一不留神
飞了

三月的风

日子
水一样流过
破洞里
缝缝补补
烟火里
活色生香

三月的风轻轻地吹
吹落了花头巾
一朵桃花
悄悄地落在发梢

挎起竹篮
呼朋引伴
采摘
冒出芽尖的野菜

错乱的季节

一场雪
落在了初绽的花苞上
满世界的洁白里
透着一点红

期待的春天
迟迟不来
一只慌张的麻雀
飞飞停停

满是水洼的大街上
晃动着稀稀落落的人影
汽车
像蜗牛慢慢地挪移

错乱的季节
冰冻的玫瑰
腊月雾霾阳春雪
一个特立独行的世界

彩虹的梦

晴天一声霹雳
倾盆大雨
把心中点燃的一丝希望
浇得湿透

落汤鸡一样的人
在泥水飞溅中挣扎
眼泪忍不住
哗哗地流

不知过了有多久
天突然晴了
一道美丽的彩虹
闪亮登场

一座七彩的桥
凌空飞架
梦想的光环
耀亮半个天空

雾中对话

关于你的故事与传说
有千千万万个版本

隔着厚厚的雾霾
怎么能看清你的容颜

陷在迷雾中找不到出口
抓紧或者放开
都是分分钟的事情

雾都之城
无异于虚设的海市蜃楼

冽冽西风
吹散眼前的迷惘

一朵小小的雪花
永远落在记忆的窗口

寒夜之初

寒夜之初
山里死一般的寂静

呼啸的山风
吹刮着满地的落叶
在山路上不停地奔跑

三三两两的野猫
鬼魅般地出没在破旧的窑洞里

哐啷一声
打碎了搁置在窗台上的
一盏干枯的油灯
尖叫着落荒而逃

巨大的蛛网
严严实实地覆盖着窑洞的出口

一扇关不上的破旧的木格窗
在风里发出呜呜咽咽的声响

一场暴风雪席卷而来
淹没了山庄
还有关于山庄的故事

立　冬

删繁就简
疏疏落落的枝头
已经没有了昨天的一树繁华

狠狠吹刮的西风
带着三分冷酷七分疯狂
一夜之间就踏入冬天的门槛

没有什么好害怕的
已经做好了最坏的准备
随时与冰冷碰撞
却不至于被撕裂成碎片

风刀霜剑
亮起了明晃晃的利器
一枝梅
静待雪花飞舞

对　岸

对岸的距离有多远
脚步无法丈量
深情的眼眸
落在远去的船帆上

城市的雪
开始一场接一场地下
太阳出来晃一晃
瞬间就会化作一汪水

叶子还在枝头缠绵
花儿已经悄悄离开
光秃秃的树
在寒风中战栗
皲裂的树皮上
刻着刀痕

只能走到这里了
以后的以后
还会有一树一树灼灼的桃花
点燃春天

野花举着露水

落雪的山坡
野花举着晶莹的露水
凌寒而开

以一种漫不经心的方式
打开对尘世的热爱

随性的野花儿
恣意地开
从来不在意季节的门槛

冰雪世界
牵手白色恋人

野花儿举着露水
像擎着一颗深蓝色的眼泪
就这样高高托举
别轻易落地

大雪无雪

大雪无雪
城市失去了银白世界的玲珑剔透
也许我们都错过了时间的节点
与一场莅临塞北江南的雪
失之交臂

大雪注定无雪
你的坚持我的坚持我们的坚持
一定会在梦里
迎接一场前所未有的暴风雪

假如有一朵小小的雪花
飞扑在脸上
打湿了睡意蒙眬的眼眸
请别惊讶

莲　子

苦心修炼的结果
就是在水波之上开出一朵莲
田田的荷叶遮住了泪眼
一只大嘴的青蛙一语道破
一切都很圆满
如同我们当初想象的一样
蜻蜓以最快的速度掠过头顶
留下一个舞者最美的倩影
这就够了
还奢望什么呢
驾一叶小舟
在荷塘月色里荡漾开来
如果恰巧碰到莲蓬就果断摘下它
幸运之神
让你俘获了一颗莲心

遇见最美的你

遇见最美的你
莺莺燕燕
呢喃低语

藏起风刀
收起霜剑
卸下北极熊的厚重
轻捷得像头小鹿

一回头
遇见最美的你
姹紫嫣红
迷乱了眼

黑与白

一座城
在狂风暴雨中坍塌
白色的栀子花
颓然落地

午夜惊魂
在幻境游走
影影绰绰
鬼魅地晃来晃去

漆黑的夜
星月神话在梦魇中破碎
喧嚣的世界
沉默不语

天亮了
猫头鹰怪叫着逃之夭夭
一只轻捷的百灵鸟
轻轻地落在了合欢树上

静　止

不想说话
只想看
秋天迷人的月亮

银杏叶
在眼前旋转着
一片一片地落下

回不去
再也回不去了
曾经热辣滚烫的青春

记忆
漫过岁月的河堤
来来去去

一叶孤舟
在渡口
静默

疯　长

那些绿色植物
以风的速度疯长
没有人知道它们拼命的理由

夏至未至
花儿已经开始凋谢
似喜非喜地开出淡淡的忧伤

思念如茧
将心一丝一丝地缠绕
包裹起不曾宣泄的秘密

疯长
变成一匹脱缰的野马
追赶梦的脚步

好久不见

好久不见
还好吗

喧嚣的世界
到处都是交响曲
一辆辆狂野的车
风驰电掣地闪过

你跛着的脚
如何步履蹒跚地
穿过那条
川流不息的街

好久不见
还好吗

花开了又谢
梦依然在远方
你心中的蝶
是否飞过了沧海

摇摇晃晃的人间

毫无征兆地震说来就来
那些诡异的云
变幻莫测

刚刚还在诗海漫步
轻盈地漂浮在云端
转眼山崩地裂

摇摇晃晃的人间无处可逃
逼仄的空间
找不到一片避难的空地
兜兜转转还是原路返回

醉酒的人

醉酒的人
东摇西摆
没有方向感

找不到家
找不到座椅
甚至找不到床

醉酒的人
严重缺水
像一条快要渴死的鱼

失忆与断片
让四肢瘫软
却让语言系统异常发达

东拉西扯
不着边际
像一个蹩脚的相声演员

喋喋不休
没完没了
演一出啼笑皆非的闹剧

善　良

善良就是
我淋着雨却把伞给了你

善良就是
我光着脚却把鞋给了你

善良就是
看穿了你的小聪明
我却傻傻地笑着不揭穿

善良就是
我把最后一片叶子给了你
你却把它丢在了风里

善良就是
我化作了泥土
依然为你开最后一朵花

仰　望

就这样仰望着枝头
看着枯黄的叶子
在秋风中蝶一样的舞蹈
仿佛一场虚妄的梦

河水似乎没有以前流得那样欢畅
蝉鸣消失殆尽
空了的心，不想负重
那一场桃花雨
纷纷扬扬飘在春天的记忆里
打湿了麻花辫
那一场荼蘼花事
从洛阳牡丹的华丽绽放
开到江南水乡的荷花娉娉婷婷

一场秋雨断了温热
晃动的菊影里透着寒凉
亭台楼阁被雾霭笼罩

虚幻得像海市蜃楼
季节在瞬间转换
来不及缓冲

天高云淡
雁阵成行
随时开始一场说走就走的旅行

寒 露

我这里还在下着雨
你那里已经飘雪
秋天尚未走远
冬天迫不及待地飞临
寒号鸟悲鸣着
四处寻找落脚的地方
露水打湿了花瓣
大颗的泪滴滚落下来
秋月圆了又缺
季节反转留下冷冷的背

安　排

来不及告别
一场骤雨迫使夏天逃离
秋意阑珊
一场冰雪的遇见书写了传奇
冷风嗖嗖
利剑一样穿透薄衣单衫
无妨
庭院堆满了柴火足够取暖
天气那么冷
风凉的话就不要说了
点一盏油灯
在昏黄的光里打开一本书
温暖
像火苗从字里行间跳出来

约　定

说好的等待
终成了空
我一直站在那棵开花的树下
期待与你相见

新年的钟声即将敲响
寒风拍打着窗棂
你和雪花
一起消失在另一个世界

约定
像被风吹落的叶子
来不及告别
就已落地

那些花儿
那些你亲手栽的花儿
一夜之间全开了
或许你早已来过

灰 烬

跳跃的火焰
一点点地熄灭

残存的温热
化作薄如蝉翼的灰

刚刚还是亭台楼阁
转眼成空

千万只蝶
在灰烬里重生

所有的种子
都破了土

是否
都会开成花的模样

叙　述

想起父亲
总是泪花喷涌
您还好吗

雪花一路追随
却找不到您落脚的地方

迎着照片里
您慈爱热切的目光

我知道
您从未走远

父亲
幸福树又一次开花了
您看到了吗

雪下得那么大
手中的伞骨已断

冲进暴风雪
原来，我也是一朵雪花

想　你

父亲
让我如何不想你
在又一个大雪来临的日子

原以为
一切的一切
都会随时间远去

可我发现
您却永远地住在了我的心里

曾经拥有的时光
每一天都带着花开的欣喜

简单的生活
给了我们最简单的幸福

在又一个大雪纷飞的日子
我把自己丢在暴风雪里

第五辑 花开半夏

渴死的鱼

这个冬天没有被冻死
却差点被渴死

数九寒天
也没有飘落一片雪花

城市的楼宇
已接近夏天的温度

太阳红通通的脸
每天都在闪现

干渴的鱼
渴望一场猛烈的西北风

刮跑
席卷而来的流感

工　具

失眠的夜晚
栓娃跑出村庄
睁着通红的眼睛
拿着板斧去砍树

孤独的月亮
照着孤单的栓娃
闪着寒光的板斧
狠狠地砍在一棵老槐树上

荒郊野外
在栓娃砍树的不远处
一座孤坟兀自孤立

一场突如其来的车祸
让栓娃失去了
艳若桃花的新媳妇

半夜三更

失眠的栓娃

拿着板斧去砍树

村里人都说栓娃疯了

十万顷桃花

春天
我带你去看十万顷桃花
花瓣一片一片
落在你的发辫上
你的裙裾
在风中飞扬
桃花映红了你的脸
你的脸多像桃花
十万顷桃花为你盛开
你为十万顷桃花而来
我知道为了这一天
你整整守候了一个冬天

旧　事

那些陈年旧事
像珍藏多年的老酒
散发着醇厚浓郁的味道

只要拧开它
就会蹿出一股青烟
是神还是魔
真拿不准

都说好汉不提当年勇
忘不掉
忍不住还是要说出来

有些事
一旦在心里生根发芽
谁能阻止它
长成一棵开花的树

从一个汉字开始

美丽的文字
是带着温度的天使

它给不善言辞的人
插上翅膀
在理想的王国里飞翔

寻找记忆的碎片
然后把它们串起来
成为动人的故事

一双双明亮亮的眼睛
在字里行间穿行
忘了时间

原　野

空旷的原野
静得能听见心跳

落叶以风的速度
坠落

荒芜
在一点一点地延伸

宽广的大地
盛得下所有的伤悲

流浪的足音

流浪的足音
踏响寂静的山路
满地的枯叶
发出令人心碎的声响
薄凉的世界
荒草丛生

倔强的蒲公英
在冬日的暖阳里
开出金灿灿的花朵
小小的蜜蜂
绕着它飞了一圈又一圈

流浪的足音愈来愈轻
踮起的脚尖
生怕踩疼
一棵草或者一片叶

回　答

爱就一个字
不必说出口
一个人的心里
只能住进一个人

当我爱你的时候
会忘记自己
当你爱我的时候
眼里再也没有别人

不用山盟海誓
看看你粗糙的手
我知道
你为我付出了多少

不用甜言蜜语
看看我弯曲的背
你知道
我为你承受的重量

眺　望

登上山顶
眺望
秋色染醉了山川
叶子
分明有了花的颜色
在枝头摇曳
秋风
一阵紧似一阵
真怕它们掉下来
收割后的稻田
空旷得连一只鸟
都不曾光顾

心灵独白

打开心窗
满世界的惊喜
晨曦微露
一抹亮色穿林打叶
一只鸟扑棱着翅膀
在头顶盘旋
不知道
往南还是往北
别说话
静静地看着就好
一颗流星划过
心早已飞出天外

玩　偶

小小的玩偶
有一张欢欢喜喜的脸
女孩和它一起玩了很多年

从来都是女孩哭它在笑
那天它的笑声比雨声还大
震碎了脆弱的玻璃

刀锋一样的碎片
扎进了女孩的手指
殷红的血滴落在白纱裙上

女孩轻轻地推开窗
只扬了扬手
玩偶立刻消失不见

想　起

黄月亮
挂在天上
像面悬空的铜镜
一种温暖
从心底升腾
想起许多沉埋的往事
那年那人那窗
模糊得只剩影子
却被无来由的梦还原
一切都是从前的样子
真真切切
从未走远

树林自个摇动

走进遮天蔽日的树林
满目青翠

安静得能够听见
针掉在地上的声音

秋风一阵紧似一阵
树林自个摇动

叶子飘然坠落
缀满一地的相思

一排排大雁
徘徊着向南飞去

树林自个摇动
秋天如约而至

下午的空白

盛夏开启烧烤模式
极端天气

渴望
一场酣畅淋漓的暴雨

手中那把小小的伞
被狂风吹翻

全力撑起
它还是从手中滑落

像一只蝴蝶
轻轻地飞了

把心放空
在骤雨来袭的下午

不要捆绑自己
也不要束缚别人

握得太紧的东西
总有失去的危险

不如放手
也许它会回来找你

童年的花灯笼

噼里啪啦的鞭炮声中
窑洞里飞奔出一群
嘻嘻哈哈的顽童
个个手里都提着盏花灯
满院子疯跑
笑声震落了松枝上的雪
惊飞了归巢的鸟儿

一盏盏花灯笼
温暖着童年
一盏盏花灯笼
包裹着亲情

煤油灯的火苗跳跃着
五彩的丝线在娘手中
上下翻飞
花花绿绿的纸片

在爹的剪刀下
别出心裁

花灯快好了
就剩画图啦
猫咪扑过来
热脸贴在花灯上

靠近一只鸟

匆匆行走的我
感觉有什么东西落在了肩上
一回头
竟然是一只好看的鸟

欢天喜地带它回家
殷勤地给它喂食
急急忙忙地找来笼子

鸟儿发疯似的横冲直撞
羽毛雪片一样纷纷飘落
打开所有的门窗
放飞是最好的选择

鸟儿稍稍迟疑了一下
就飞了起来
顷刻之间
消失在视线之外

天空有无数飞翔的影子掠过
不知道有没有
落在肩上的那一只

睡醒了

春天睡醒了
柳丝儿梳理着及腰的长发
对着小河照了又照

桃花绯红了脸
不胜娇羞
像待嫁的新娘

憋闷了一个冬天的翠鸟
放开嗓子歌唱
吵醒了蛰伏的小动物

一只青蛙
跳出水面
对着春天呱呱呱

秋风辞

秋风起
一片片飘零的叶子
在空中打着旋
不忍离去

遍地葵花
热烈而灿烂

雁阵声声
吹响了南下的号角
云淡风轻
断了所有的念想

缠绵的秋雨
一滴一滴落在油纸伞上
枯叶化蝶
轻舞飞扬着散场
下一个路口
我们一定会再度重逢

奔　跑

暴雨如注
男孩手中的蓝色小伞
像一朵云一样轻飘飘地被风刮走

小男孩像一只落水的小鸭子
在积水的漩涡里打转
水流的冲击力
把男孩推向距离路边不远的栏杆

一个帅气的小伙子
用百米冲刺的速度向男孩奔去

幸运的男孩得救了
那一瞬
奔跑的身影
成为这个城市最美的风景

古　城

传说中
有一只美丽的凤凰落在了这里
化作了庆州古城
于是你有了一个好听的别名
凤城

从周先祖教民稼穑
到岐伯中医的传承
历史赋予了这片黄土地
深厚的文化底蕴

豪爽的西北汉子
世世代代在这里耕耘
美丽的陇东女人
巧手绣出玲珑精美的庆阳香包

满眼的绿覆盖着大山
天然的清泉

从山涧
一路蹦跳着落入谷底

都说外面的风景很迷人
看看我们的家乡有多美

庆州古城
一个美丽的地方
传说中的凤凰
落在这里谱写传奇

旗　帜

鲜艳的红色
落入眼眸
冲锋号吹响
子弹上膛
披甲上阵的战士
视死如归
烫金的镰刀斧头
在枪林弹雨里闪闪发光
生命的最后一刻
依然以站姿
护着神圣的旗帜

蔚　蓝

天空之城
倒映在海里

飞鱼在云朵里穿梭
雾气弥漫中
惊现一座海市蜃楼

它们一跃而起
跳过了龙门

大梦初醒
一滴蓝色的眼泪
轻轻地滑落

花开半夏

开到荼蘼已是极致
却迟迟不肯离开
当夏的枝头，缀满了沉甸甸的果实
再也没有了留下来的理由
没有什么好遗憾的
时间向来有一张铁面无私的脸
别指望它偏袒谁
六月的青草，没过了膝盖
那匹红棕烈马，早已跑得无影无踪
追是追不上了
那么，就让我们一起等，在六月的青草地等
直到，嗒嗒的马蹄声
震颤红艳艳的果实
从枝头跌落

思　念

从您离开的那一刻
思念就成了一条线

扯着拽着牵着我
在记忆的深处寻你

一张张黑白照片
是逝去的岁月最好的铭记
慈眉善目的您
总是面带微笑深情款款

我们都是您一生最爱的人
在您这棵幸福树下快乐地奔跑

柴米油盐的琐碎
被您打理得井井有条

平淡的日子
在您亲手培植的花朵里开出灿烂
在您挥毫泼墨的纸上
温润
在您拉的阿炳的《二泉映月》的二胡声里
悠长

您把能给予的美好都给了我们
唯独，忽略了自己

从您离开的那一刻
六年来，失去您的痛
就像一枚长长的钢针
想一次扎心地疼一次

还是忍不住
一遍遍地想

雨夜有寄

电光雷霆
天空像是被捅了个大窟窿
雨水兜头浇了下来
满大街都是奔跑着寻找避难所的人
雷声滚过的城市
注定有什么东西被打碎
如果打碎的仅仅是一只青花瓷碗
就当是什么都没有发生过
偏偏碎了的是一颗心
一颗曾经完好无损的心

与花为邻

掩饰不住的欢喜
堆在眼角眉梢
转身，回眸
都是为了玉一样洁白的花朵
突然间
对桃红柳绿
没有了兴趣
原来
白，才是尘世最美的颜色

春　水

一棵靠近湖边的树
正在开花
红彤彤一片
像燃烧的火焰
突然袭来的沙尘暴
像呼啸着窜出来的怪兽
一场花瓣雨拼命地下
一双伸出的纤纤小手
想阻止它们的坠落
结果还是徒劳
水波醉酒般摇晃着
裂出好看的纹路
也好
坐着流水的小船
曾经站在枝头眺望的远方
不再遥远

一朵花，开在春天

粉白色的杏花
沁香扑鼻
从容绽放
玲珑的花瓣
簇拥着抱成团
站在枝丫
一种不张扬的美
从骨子里透出来
清风徐来
一瓣瓣一片片
裁出霓裳
穿在春天的身上

和雪花交换眼神

和雪花交换眼神
期待一场风暴的到来

捧在手心里的温柔
变成滴水的绝望

极寒的天气
是最大的契机

风搅雪
撼动了天上人间

一只白鹿眼角噙着泪水
在雪地上奔跑

很快就消失得无影无踪
只留下深深浅浅的梅花印

颜　色

一树一树
沉睡的桃花
被春风唤醒
挨挨挤挤的花骨朵儿
半开半闭
艳丽的桃红色
像娇羞的新娘脸上泛起的红晕
细而尖的叶子
几乎可以忽略不见
在踏青的人的眼眸里
只有一树一树
从桃红开到粉红的花朵
即使某一天凋零了
那一瓣瓣一片片
飞在空中落入水中的花朵儿
依然会以最美的姿态出现
不信，你看
天上的云霞

有桃花的颜色
荡漾在流水里的轻舟
有桃花的影子
浣衣的小姑娘
和桃花叫着一样的名字

古道边

历史的尘埃
飞扬在漫漫古道
马蹄声声
踏碎秦砖汉瓦
望断天涯
多少往事都化作了云烟
蛛丝儿缠绕着枝枝蔓蔓
陷落在旧世界里无法突围
古战场的厮杀声
如雷贯耳
秋风瑟瑟
落叶覆盖的荒冢
格外荒凉

夜色漫漫

夜卸了妆
露出黧黑的脸
月亮吓得躲了起来

风儿一路小跑
像个慌张的孩子
一不小心碰落了树叶

泼墨的夜
一朵花
将忧伤紧紧包裹

烛火映红了窗
一只飞蛾扇动着翅翼
寻着光亮飞去

离　歌

多情的夏天
在一场缠绵的秋雨里离开

那些曾经开着的花
伴着离歌哭泣着凋谢

叶子在枝头摇摇欲坠
一阵风就让它落地

上了锁的心
失去了原来的温度

远方越来越远
唤醒大雁一起往南飞

理　由

不要问为什么
一朵花开，一朵花落
一定有它们的理由

一个转身
留下，离开
都不需要说什么

心累了
想找个停靠的港湾
与风没有关系

来时欣喜
去时安然
最后的深情捧给泥土

相信幸福

相信幸福
如同相信春天

风中的玫瑰
摇曳生姿

一场冰雪的邂逅
见证了爱情的永恒

当幸福来敲门
喜鹊早已飞上了枝头

风吹向风

凉的温度
风吹向风
拉开了深秋的帷幕
所有暖的记忆
都刻在叶子曾经清晰的
脉络里
不会忘记也不会丢掉
最真最好的时光
摇摇欲坠的枝头
缀满了红红的果实
眼前的荒芜
掩埋不了内心的繁华
撕裂的疼痛呼喊的声音
都在唤醒沉睡的灵魂
风吹向风
冲击力足以推倒一座心墙

云 烟

往事都化作云烟
消逝在深海里

丢在风里的那个黄手绢
一直像蝴蝶一样在梦里飞

谁把一把钥匙和一颗镂空的心
落在云朵里

生命如此脆弱
真爱才是开在灵魂深处的花

在一丝一缕的缥缈里
开出灿烂

九　月

九月像坐着跷跷板
一头挑起夏天的热辣
一头挑起秋天的清凉

大雁排起方阵
云朵散淡地铺排
菊花灿烂的笑脸
遮住了落叶的憔悴

终于可以安静地坐下来
听秋蝉最后的鸣唱
不说分手
心一直都在

圆满的结局太少
残缺的画面
总以悲伤的姿态出现
枝头的果实都摘走
只留空白

仿佛重生

凤凰涅槃
浴火重生
一声长啸响彻天宇

低的姿态
高的飞翔
一道耀眼的弧线划过天际

一飞冲天
融化了千年的冰雪

尘世的纷扰
化作轻羽飘落

归去来兮
演绎一场美丽的神话

白发苍苍的模样

白发苍苍的模样
有仙风道骨的清癯
安静地坐下来
不言不语

血色斜阳
染红了天边
低垂的眼眸
落入枫林深处

就要结束了
这人间的眷恋

驾鹤西去
飘飘悠悠
不带一丝儿遗憾

奔　月

都说嫦娥仙子是冷美人
只能仰望
广寒宫的冷
世人怎会知晓

桂花在午夜里
浮动着暗香
一缕淡淡的忧伤
弥散开来

舒一舒广袖
挥别曾经的念念不忘
奔月
在冰清玉洁的清辉里永恒

站在最高处
俯视人间的悲欢离合
给不了俗世的温情
那就还天地一片澄明

第六辑 风吹蓓蕾

寒 枝

落雪的枝头
停留着孤独的鸟

从一棵树飞到另一棵树
没有什么不同

用不着挑挑拣拣
落在哪儿都是一样的结果

有枝可依
已经很是幸福

寒冬
薄凉是一堵四面透风的墙

星火
只在暗夜燃烧

和草在一起

百花凋零的季节
踏着枯萎的衰草一路走去
没有了当初青绿的疼痛与不安

和草在一起
风刀霜剑显得那么苍白无力
荒芜里有一种悲凉的落寞

一把火
烧掉了所有能拧出汁液的记忆
却无法割舍对于热土的眷恋

灰烬里重生
岩石的缝隙里挣扎
只为蹿出绿色的芽尖

小　雪

无数白色的精灵
在风的裹挟下华丽绽放

在天地间
开出圣洁的花朵

梦里飞花
掌心紧紧攥着轻羽一样的洁白

握住雪花
就像握住满满的幸福

怯怯地打开手掌
一滴透亮的水蹦跳着滚落

追梦成真
别问我曾经是水还是花

星星的位置

一颗星有一颗星的位置
很闪很闪的那一颗不是我
喜欢是一定的
越位从来都不会

谦卑与骄傲
与生俱来
仰望
是最高的礼仪

遥遥地看着就好
不必拉近彼此的距离
天空那么大
谁都盛得下

黑夜那么黑
有颗亮亮的星多好
倏忽一闪
满世界都是惊讶的光芒

天衣无缝

疼痛在云淡风轻的浅笑里无痕
天衣无缝的拼接如此完美

指尖在黑白键上滑落
不经意间就逝去了最美的年华

一群扑棱棱的小鸟
硬生生撕开天空的一角

一颗星升起就会有一颗星坠落
荣耀与辉煌只有刹那的华彩

灯火阑珊处
那个渐行渐远的背影
也许就曾经站在舞台的中央

念及孤独

喜欢孤独
独享一个人的清欢
自由的国度
孤独者就是最大的王者
打开一本书
安静地坐下来
那些带着魔力的文字跳着笑着闹着撕扯着
像一粒粒豆子蹦出来
敲打着紧闭的门窗
拷问着灵魂
独立的世界阻挡了屋外
呼啸的风声潇潇的雨声
不必面朝大海
也能春暖花开

沧桑之后

都说叶子会在秋天坠落
我却分明在春天的枝头
看到了蝶一样轻灵的枯叶
迟迟不肯离去

原以为春风一吹
草就会返青
却在一片荒芜里
看到草芽儿削尖小脑袋
拼命地探出头

原来这世间
存活下来的生命
没有一个是容易的

历经沧桑
没有学会坚强
反而多了一份悲悯的情怀

一朵花开一朵花落
都会忍不住落泪
冰一样的冷硬
早已化作绕指柔

新　年

铺开雪白的纸
泼墨成花
春天一点一点地
吐露芳华
中国红
像一团团燃烧的火焰
映红了
华夏儿女的心
一路风尘
只为回家
幸福就是
围着母亲不停地打转
新年，在团团圆圆里
甜甜蜜蜜

大　暑

热得不能再热了
还是无法停止燃烧
蝉的叫声越来越响亮
连大树都无法保持沉默

傲娇的太阳
一下子就变成了火神
咄咄逼人

好想偷一把铁扇公主的芭蕉扇
灭了这火焰山
可惜找不到孙悟空

白月光
透过窗棂
让梦境变得格外清凉

秋　雨

热烈地开过的夏花
已经退场
秋雨绵绵像是在诉说着曾经
天蓝得不能再蓝了
通透敞亮不需要任何的解释
还有什么割舍不下
滴答滴答
雨滴一遍遍敲打着荷叶
似在拷问
秋水盈盈
像闪着泪花的眼眸
打碎的湖面
晃动着无数叠加的影子

八月之末

水是秋水月是秋月
八月之末
你想要的美好我都可以给

枝头沉甸甸的
全是熟透了的果实
一不小心就会砸下来

变了颜色的叶子
像蝶一样轻灵
随时可能落在指尖

一种被升华了的感觉
丰盈着安静的心
锁住八月之末

九月的故事

色彩斑斓的落叶铺满了道路
不忍踩踏又无法绕行
一定有疼痛的声音
穿透颓垣断壁
孤独的大雁
哀鸣着离开曾经眷恋的北方
九月的故事
还没有开始就已经结束
摇晃的菊影
冲淡了悲伤的情绪
停下来
听风听雨听秋蝉最后的鸣唱

雪　夜

轻灵的雪
曼妙的夜
一定有神秘而美好的事情发生
莫名的喜欢
缘于不染纤尘的洁白
捧在手心里的六角花瓣
仅仅因为一点温热
就化作一滴水从指缝间溜走
你是羽是蝶是花也是冷凝的冰
不敢亲近也舍不得远离
我们之间的距离
就是冰与水的距离
堆一个雪人
在雪夜守望一个披着满身雪花的人的归来
或者点燃篝火
让眼前梦幻的冰雪世界顷刻间化作水滴
都在弹指间

静静的夜
只有落雪的声音

精　灵

白得不能再白了
雪花还是觉得不够完美
索性来个天女散花
白雪覆盖的城
完全是童话故事的再现
一朵飞扑的雪花
就是一个扇动着翅膀飞翔的精灵
逼出身体内最后的脆弱与柔软
彻骨的寒
冰冻了美丽

纹丝不动

风追着落叶奔跑
卷起一地尘埃
石头却纹丝不动
这个呆头呆脑的家伙
守着一块地儿
从不轻易挪开
一场大雪铺天盖地
石头几乎被掩埋
要不是被狠狠地绊一跤
谁会想起它的存在
动感无处不在的世界
能纹丝不动的
只有石头

狭小的空间

囿于狭小的空间
从来没想过要走出去
已经习惯了斗室的阳光

光鲜靓丽的花朵
挤占了寸土寸金的地方
一扇窗泄漏了所有的芬芳

堆积如山的书
像沙滩上垒起的城堡
轻轻触碰就会坍塌

打开书页的瞬间
一只枯叶蝶
恍惚中
张开彩色的翅膀
在空中
划出一道美丽的弧线

用沉默和万物交流

青青的叶子
覆盖着
矮墙荒凉的额头

一大朵一大朵
盛开的花
散发着迷人的清香

天上的云彩
绯红着脸
用沉默和万物交流

晨光里

露珠
在青绿的玉米叶子上滚动
一个跟头跌落下来
所有美好的事物
都在红彤彤的光亮里完成
一只扑棱着翅膀飞着的鸟
从一棵树飞到另一棵树上
短暂停歇
最后，还是选择离开
没有什么是一成不变的
就像那些开了落、落了又开的花

结　果

结局远没有我们想象的完美
但是已经很好了
就走到这里吧
是该说再见的时候了

一个转身
也许永生都不会再见
那又怎么样呢
你已经住在了我的心里

竖起的墓碑上
刻着一段动人的文字
权当是留在人世最后的念想

爱就够了
何必要问为什么
灵魂的相似会拉近天地间的距离

冰冷的雨滴
一遍遍敲打着墓碑
试图唤醒某种残存的记忆

还是忘了吧
千年之后
所有关于我们的故事
或许都会成为传奇

声　音

古韵声声
听唐诗宋词

声音的魔力穿透灵魂深处
直击心门

有鸟飞过，有花盛开
诗意中国
上演一场视听的盛宴

一张张意气勃发的笑脸
在五月的阳光下灿烂

青春的烈焰
在书香里燃烧

一只只云雀欢呼着
飞向高远的蓝天

花　蕊

世间最美的繁华就开在这里
疼痛一定是有的
因为热爱
让我们忘记了受过的伤

喜欢就好
终有一天，会松开手
放下所有紧紧攥在手里的东西

一切的过往
都会成为最美好的回忆

而我们
都会在空灵的世界里
和自己和解

一千枝火焰在舞蹈

春风过处
绿意葱茏

鲜嫩的芽苞
就是生命的重生

该忘就忘
那些旧伤疤别去管它

深情地凝望
化作一树繁花

信马由缰
驰骋在青青的草地

春风沉醉
一千枝火焰在舞蹈

望眼欲穿

知道春天一定会来
还是忍不住望眼欲穿

那些迟迟不肯落下的枯叶
固执地定格在旧时光里

宁可风干了记忆
也不肯轻易离去

一夜春风
吹开花千树

火焰一样热烈的花朵
点燃了群山

整个春天
迷醉在花海

程　度

饱满的麦粒
一定经历过深度的挣扎与疼痛
锋利的麦芒
不敢轻易靠近

有一种爱
像带刺的玫瑰
给了你芬芳
却给不了你柔情

断崖式的绝恋
成就的是旷世传奇
梦中有蝶飞来
不要问也不要说

更好的时刻

冬天终将过去
更好的时刻
打破僵局

你看白雪的后面
草芽儿
已经在试探冷暖

一层层的浮冰
断裂着后退

风一改往日的坏脾气
温和了许多

挡不住的春天
说来就来

水　草

疯长的水草
伸出长长的茎
刺破水面

遥遥地招手
呼唤美人鱼
快点回来

一缕缕思念
潜滋暗长
蔓青一样地缠绕

多情的水草
在碧波荡漾中
思念成殇

玉　器

端坐在水凳之上
日夜不停地劳作
只是为了精心打磨一件玉器
郑和下西洋的作品栩栩如生
梁玉清却倒在了工作台上
再也没有醒来
因为不小心打碎了一个玲珑的玉碗
韩子奇切断了自己朝圣的路
成为玉器梁最得意的高徒
面对倒在血泊中的师傅和顷刻间碎了的玉
他在冷眼中选择了寄生在别人门下
只为重新打造那块玉
玉的复原成就了韩子奇
轰动京城的玉王就这样诞生了
玉的长河奔流向前
流传着许许多多离奇的故事
每一块温润的玉的背后
都有不为人知的秘密

红蜻蜓

薄如蝉翼的翅轻盈地掠过水面
一眨眼就不见了
再怎么喜欢都是空的
精灵一样的红蜻蜓是无法捕捉的

远方是它想去的地方
没有什么能够阻止它的飞翔
放手
是最好的救赎

干脆听雨吧
只有雨滴敲打荷叶的声音是真实的
一滴一滴都落在心上

飞了的红蜻蜓
没有留下任何遗憾
只在水面上划出一条完美的弧线
恰是红尘渡口的一叶扁舟

年 轮

翻过的一页，非黑即白
年轮中刻下
一圈又一圈椭圆的烙印
失血的太阳
蜡黄的脸带着病态的憔悴
奈何桥上的念念不忘
终究成了那只摔碎的孟婆的碗
残缺的碎片闪着月牙儿的寒
割断了前尘往事
梦魇破解
生命以最初的光亮
灼灼燃烧
爱着从来都不肯遗弃的人间

一朵云飘来

一朵云飘来
纷乱的思绪被打破
可不可以学着放下

自在的云朵
那么随心所欲
跟着风儿一起飞

执念终是羁绊
固执地非撞南墙不可吗

浮在空中
有羽的轻
落在地上沉重地
可以砸出一个一个的水涡

云的心事你猜不透
来得快去得也快
好像从来都不曾发生

弧 线

一根长长的银针
不知被谁弯成了月牙儿
挂在了柳梢头
明亮亮的晃人的眼

天险之地
一座连心桥
横跨湍急的河流
打通生命的通道

电光飞闪
雷雨过后
一条七彩虹
填补了所有的空白

美好的事情
总是与弧线有关
一弯腰的姿态
足够撑起湛蓝的天

石　头

这辈子就这样了
一切已成定局
不想再改变什么了

天生的倔脾气
注定选择了
就不会轻易放弃

不要提那些墙头草
随便它们东倒西歪好了
石头要的是永恒

世界以风的速度变幻
来不及跟进

那么就狠狠心
在我光洁的额头
刻下深深浅浅的文字

很多年以后
有人反反复复敲打着
一遍遍地问

它是谁
是否
有过一段离奇的故事

牡　丹

用尘世最美的颜色
开出一大朵一大朵的花
只为你久久的期待

馥郁的清香
弥漫着整个花园
我们的故事刚刚开始

不用车马劳顿
此地一样花开富贵

拼尽全力
开成你想要的模样
只是为了兑现春天
一个美丽的承诺

花开时节
是梦想成真的时刻
相信你
一定会如约而来

看月亮

看月亮的脸
有多美
刚刚还是满月
转眼成了月牙儿
恍惚间
从十五回到了初一
还没回过神
白玉盘
变成了红月亮
像娇羞的新娘
泛起了红晕
忽然之间
呈现海之蓝
今夜，不说话
我们看月亮

与你对坐

与你对坐
隔着一朵花的距离
一瓣心香
芬芳四溢

今夜隔空对语
回音山响
一朵莲
兀自盛开

木　屋

木屋
刻满水木年华
花格窗
流泻一地白月光

清泉叮咚作响
一路欢歌笑语
小小的木屋
盛满幸福时光

灰色的天空
淡出视线
迷人的翡翠绿
环绕着木屋

一棵树
在木屋的顶端
长出枝丫
结出一串红果果

西　风

将军横刀立马
站在西风里
以一种不变的姿势
永恒

锈迹斑斑的钢刀
不再闪烁寒光
战马的嘶鸣
消逝在大山深处

将军的目光
依然炯炯有神
定定地凝望着
宝塔山

不要让风吹散

不要吹散
那些拼命盛开的花
它们曾在风里飘摇
在雨里挣扎

露珠里藏着泪
叶片上残留着伤痕
还好
黑夜替它们保守了秘密

不要吹散
那些颓然落地的叶子
它们曾在高高的枝头
仰望天空

想以鸟的方式存在
可它们终究只是叶子

离枝
就注定了漂泊

不要吹散
那些好不容易
才聚拢的灰烬
它们也许是会飞的精灵

在微弱的亮光里
挥动隐形的翅膀
飞向
未知的地方

蝉鸣止住了叹息

火辣辣的夏天
蝉鸣一声高过一声
喧嚣的城市
热浪一浪高过一浪

玉米在月光下拔节
稻谷在夜色里饱满
蝉鸣止住了叹息
向日葵好奇地东张西望

一茬茬收割后的麦田
静静地守望曾经的幸福
苹果红通通的脸
一天比一天丰满

湿漉漉的心情
晾晒在暑热难耐的六月天
大把大把的阳光
镀亮黯淡的窗

朽　木

朽木在角落里哭泣
大雨淹没了它的声音
调皮的男孩看到它
飞起一脚
朽木在空中旋转
而后重重地落下
砸到了
一朵盛开的小花
朽木空了的心
一下子钻进无数的虫子
多少年之后
朽木上生出了厚厚的木耳
一个小女孩挎着竹篮
一路小跑去采摘

看　海

一

坐在海边
从日出到日落

看海浪一次次拍打着海岸
追问着逝去的芳华

大鱼的翅膀
轻轻托起梦想在深海里遨游

赤脚走在银色的沙滩
任潮水打湿飘逸的长裙

小小的海贝
刚刚露出水面

海浪一下子扑过来
瞬间卷入海底

温热的海水
一遍遍地轻吻柔软的心

看海
潮起潮落都归于平静

二

站在海边
还没有想好
要不要跳下去

一个巨大的浪花
不由分说
就已经把我卷进了海里

救生圈打着旋
左冲右突
海上漂流
没有任何方向感

手牵手
跟着浪花一起翻滚
我们都是大海的孩子

深蓝碧绿银白
三色的海
是永远走不出的风景

仲夏
阳光沙滩海浪
还有一双双光脚丫

椰子树下

亚龙湾里

光阴的故事

在海之南不停地流转

怀　旧

不是一个怀旧的人
却迷恋着民国故事

从《长恨歌》
里的王琦瑶
到《倾城之恋》
里的白流苏

一个个跌宕起伏的故事
在风雅别致的旗袍里
惊艳

日子是自己的
活成什么样
怨不得别人

在树叶漏下的缝隙里
捡拾阳光
散落的亮片

倾　诉

剥离浮华
沉淀岁月

你会发现
找一个可以倾诉的人
有多难

我们每天都在不停地说话
对着自己也对着别人
说很多的话

有用的没用的
叠加起来
可以轻而易举地筑一座高塔

说到最后
谁又走进了谁的心里

一座城横亘在那里
没有人能摧毁
直到荒芜

风吹蓓蕾

纤弱的你，在风中摇曳
悄悄地酝酿着一场盛大的花事

一层层
将自己包裹得严严实实，就差五花大绑了
还是那么羞羞怯怯

逃是逃不掉，打开是迟早的事
遇见或者错过，都是上天的安排

没有什么好遗憾的
单纯的念想，就像眼前的白
早已飞上了云端

后　记

诗是什么？是燃烧的火焰，是暗夜里最亮的星。诗能激起我们对生活全部的热望。喜欢诗的人，都有着一颗孩童般纯真的心，在诗的王国里，永远都像一个长不大的孩子，调皮、贪玩且乐此不疲。从走进诗的王国的那天起，注定无法走出来。岁月流金，对诗歌的热爱深入骨髓，诗与生命融为一体，成为生活中不可或缺的一部分。

《花开半夏》这本诗集，既是对大自然的探索，也是对如花般生命的热爱与眷恋。

感谢著名散文家、中国散文学会理事、第八届冰心散文奖得主梅雨墨先生为本书写序！感谢中共庆阳市委宣传部将本书作为重点文艺创作项目予以资助！感谢中共庆阳市西峰区委宣传部、西峰区文联与西峰区作协的大力支持！感谢力扬文化和北岳文艺出版社（山西出版传媒集团）所有老师的倾心付出！感谢多年来在文学道路上鼎力支持我的良师益友们和一直在身后默默付出的至亲至爱的家人们！深谢！

以梦为马，诗意人生。花开半夏，卓然粲然。

2021 年 12 月 18 日于甘肃庆阳